Les éditions La courte échelle
4627, rue Saint-Denis
Montréal H2J 2L4
Tél.: (514) 288-8522

Directeur: Bertrand Gauthier

Ginette Anfousse s'est mérité grâce à ce livre le prix de littérature de jeunesse 1978 du Conseil des Arts du Canada

ISBN-2-89021-017-0

Dépôt légal:
1ère édition: 4e trimestre 1978
2e édition: 4e trimestre 1979
Bibliothèque nationale du Québec

Cette histoire est également disponible en disque ou en cassette.

la varicelle

Non, non, n'entre pas! Même Pichou n'a pas le droit d'entrer.

Tu peux seulement me voir par la fenêtre...
parce que j'ai attrapé la varicelle.

Tous mes amis viennent me voir par la fenêtre de ma chambre.

Eh oui! la varicelle est une maladie contagieuse, et les maladies contagieuses sont des maladies qui s'attrapent.

Même que j'ai fait de la fièvre et que ma température montait, montait...

J'ai fait un cauchemar... j'entendais des violons...

Et j'ai aperçu une sorte de
serpent-siffleur-volant qui attrapait Pichou
par la queue...

...et le serpent-siffleur l'emportait loin, très loin de la maison. J'étais sûre de ne jamais revoir mon pauvre «bébé-tamanoir-mangeur-de-fourmis-pour-vrai».

Ouf! c’était juste un mauvais rêve.

Je sais bien que mon bébé Pichou dort
dans le couloir.

Il est tout seul derrière la porte depuis des jours!

...j'ai une idée...

Tu ne devineras jamais!

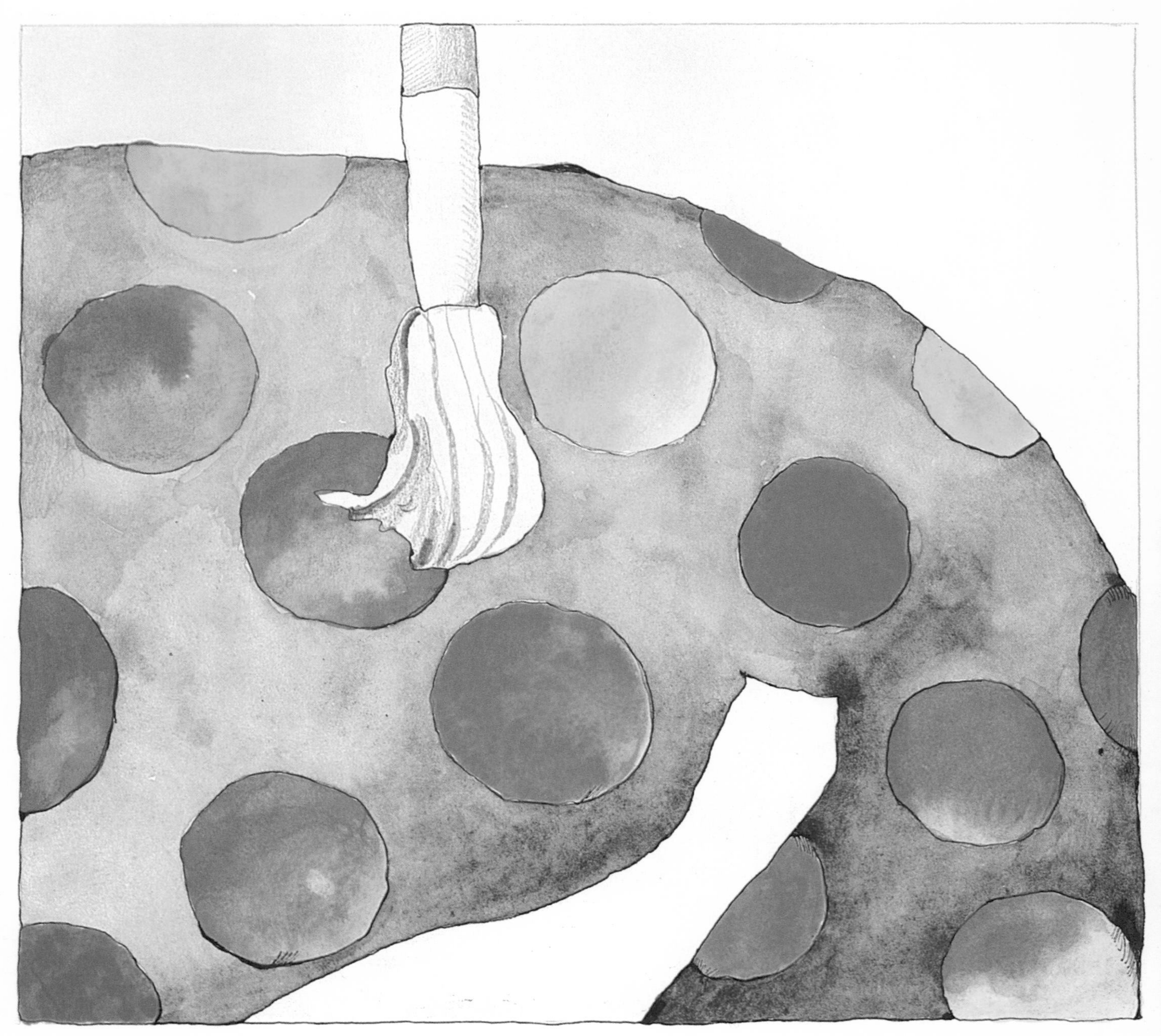

Avec un peu de bleu, de rouge, de vert, de jaune...

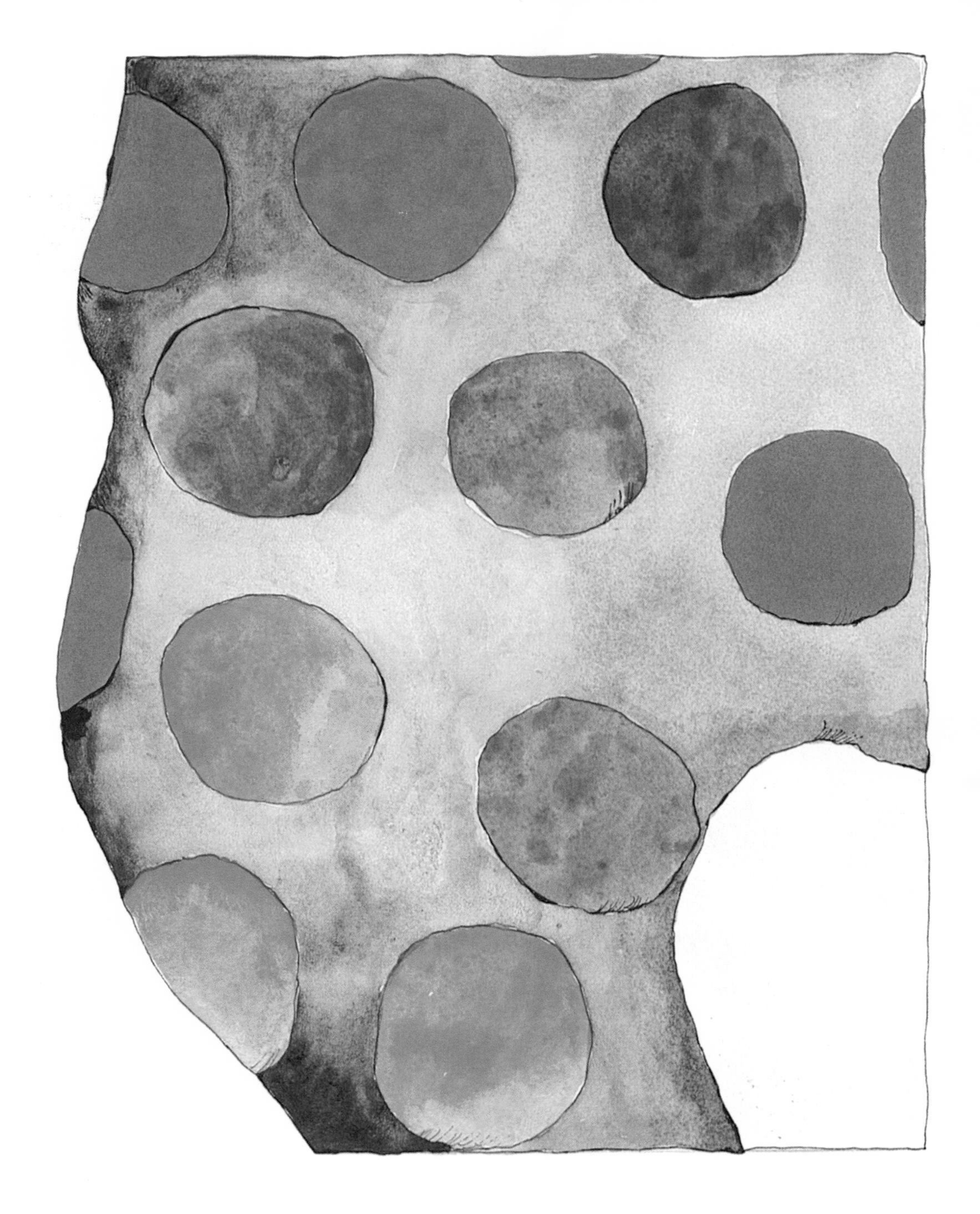

...d’orangé, de turquoise et de violet

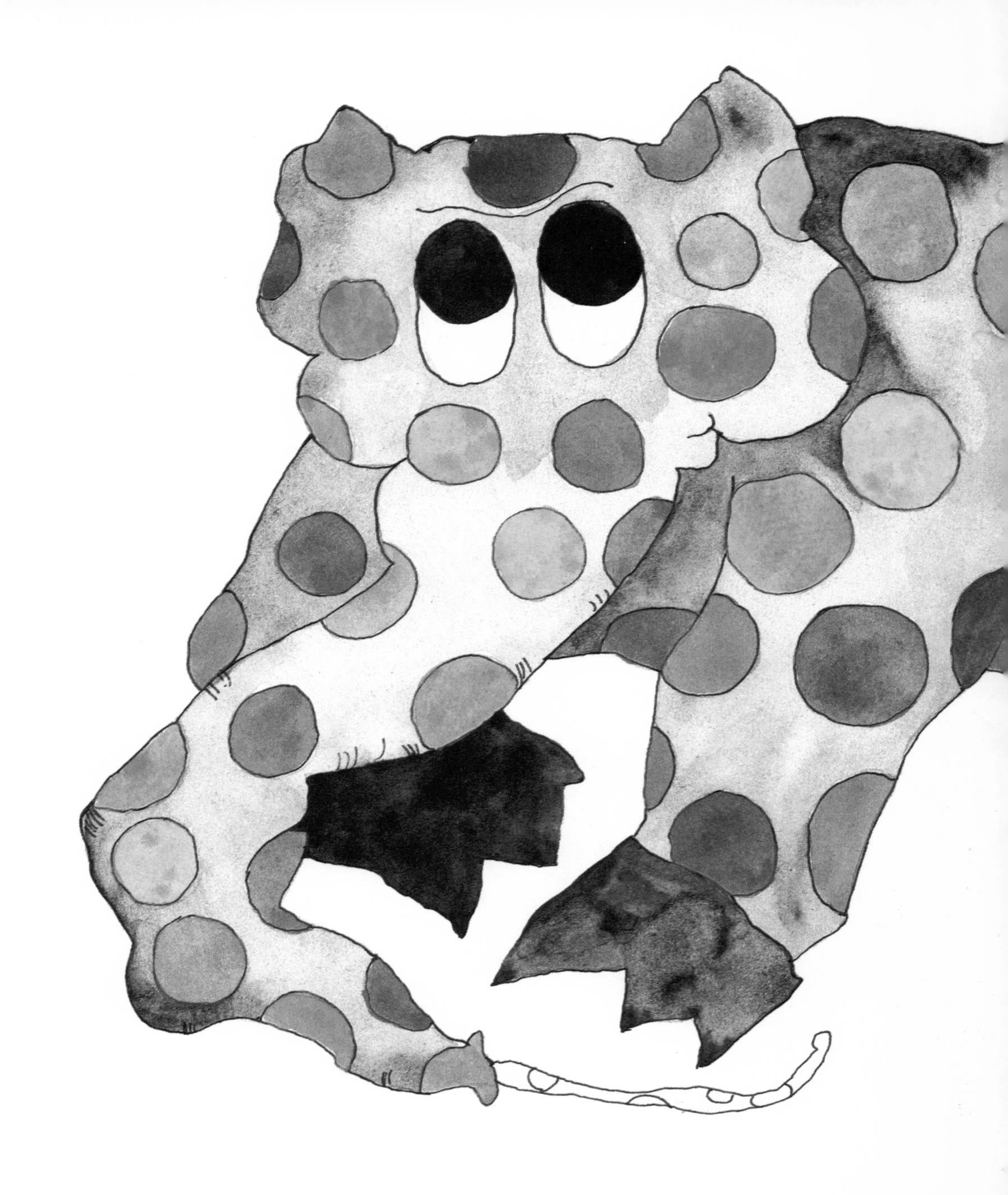

Voilà Pichou, mon «bébé-
tamanoir-mangeur-de-fourmis-pour-vrai»

qui vient d'attraper une varicelle multicolore.

Maintenant, Pichou peut jouer avec moi dans la chambre.

Tu sais, bientôt, je n'aurai plus ni varicelle, ni boutons rouges et je redeviendrai toute comme avant.

ans et plus)

HOU ILVA
un conte de Bertrand Gauthier
illustré par Marie-Louise Gay

Gauthier
dnault

QUES
ope Côté
léthé

PRINCE SOURIRE ET LE LYS BLEU
ope Côté
ibo

LES PERLES DE PLUIE
rinat
ntannaz

LES MARIONNETTES
un conte de Louis Fréchette
adapté par Roger Des Roches
illustré par Michel Fortier

LE GARDIEN DE JOIE
une histoire racontée par
un élève de l'école Freinet
illustrée par Michèle Théoret

DOU ILVIEN
un conte de Bertrand Gauthier
illustré par Marie-Louise Gay

Achevé d'imprimer le 15 novembre 1978 aux Ateliers des Sourds (Montréal) inc.